# FRANÇOIS COPPÉE

# LETTRE D'UN MOBILE

## BRETON

PARIS

ALPHONSE LEMERRE, ÉDITEUR

47, PASSAGE CHOISEUL, 47

1870

# LETTRE

### D'UN

# MOBILE BRETON

# FRANÇOIS COPPÉE

# LETTRE D'UN MOBILE

## BRETON

PARIS

ALPHONSE LEMERRE, ÉDITEUR

47, PASSAGE CHOISEUL, 47

1870

# LETTRE

### D'UN

## MOBILE BRETON

Maman, & toi, vieux père, & toi, ma sœur mignonne,
Ce soir, en attendant que le couvre-feu sonne,
Je mets la plume en main pour vous dire comment
Je pense tous les jours à vous très-tendrement,
Très-tristement aussi, malgré toute espérance ;
Car, bien qu'ayant juré de mourir pour la France

*

Et certain que je suis d'accomplir mon devoir,
Je ne puis pas songer au pays sans revoir
La maison, le buffet & ses vaisselles peintes,
La table, le poiré qui mousse dans les pintes,
La soupière de choux qui fume & qui sent bon
Entre les vastes plats de noix & de jambon,
La sœur & la maman priant, les deux mains jointes,
Avec leurs bonnets blancs & leurs fichus à pointes,
Et papa qui, pensant que je manque au souper,
Fait sa croix sur le pain avant de le couper.
Laissons cela. D'ailleurs je reviendrai peut-être.
— Donc nous sommes campés sous le fort de Bicêtre,
Avec Monsieur le Comte & tous ceux de chez nous.
Je vous écris ceci, mon sac sur les genoux,
Sous la tente, & le vent fait trembler ma chandelle.
Bicêtre est une sombre & forte citadelle,
Où des Bretons marins, de rudes compagnons,
Dorment dans le caban auprès de leurs canons,
Tout comme sur un brick à l'ancre dans la rade.
Aussi j'ai trouvé là plus d'un bon camarade
Parti depuis longtemps entre le ciel & l'eau,
Car Saint-Servan n'est pas bien loin de Saint-Malo,
Et nous avons vidé quelquefois un plein verre.
Mon bataillon était de la dernière affaire,
A preuve que Noël, le cadet du sonneur,
Comme on dit à Paris, est mort au champ d'honneur.
Il avait un éclat de bombe dans la cuisse,

Il saignait, il criait. Je ne crois pas qu'on puisse
Voir cela sans horreur, & chacun étouffait;
Mais nos vieux officiers prétendent qu'on s'y fait.
On nous a porté tous à l'ordre de l'armée.
Moi, j'ai tiré des coups de feu dans la fumée
Et j'ai marché toujours en avant, sans rien voir.
Enfin on a sonné la retraite, &, le soir,
Un vieux, au képi d'or, qui tordait sa barbiche
Et qui de compliments paraît être assez chiche,
Nous a dit : « Nom de nom! mes enfants, c'est très-bien! »
Et quoiqu'il blasphémât, c'est vrai, comme un païen,
Et qu'il lançât sur nous un regard diabolique,
Nous avons tous crié : « Vive la République! »
— Ce mot là, c'est toujours du français, n'est-ce pas? —
Quelques-uns d'entre nous se plaignent bien tout bas
Et sont, avec raison, mécontents qu'on ricane
De notre vieil abbé qui trousse sa soutane,
Marche à côté de nous droit au-devant du feu
Et parle à nos blessés du pays & de Dieu;
Mais aux mauvais railleurs nous faisons la promesse
De bien montrer comment on meurt, après la messe.
— Nous avons traversé Paris. Il m'a fait peur.
Puis nous l'avons trouvé dans la grande stupeur,
Sombre & lisant tout haut des journaux dans les rues.
Huit jours les habitants logèrent les recrues.
Nous étions, Pierre & moi, chez des bourgeois cossus,
Où nous fûmes assez honnêtement reçus.

Pourtant j'étais d'abord chez eux mal à mon aise
Et je restais assis sur le bord de ma chaise,
Confus de l'embarras où nous les avions mis.
Mais leurs petits enfants devinrent nos amis;
Ils riaient avec nous, jouaient avec nos armes
Et couvraient, les démons! de leurs joyeux vacarmes
Le bruit que nous faisions avec nos gros souliers.
Bref, nous sommes partis bien réconciliés
Et, les jours de congé, nous leur faisons visite.
— Allons! il faut finir cette lettre au plus vite,
Car le clairon au loin jette ses sons cuivrés.
Je ne sais pas encor si vous la recevrez,
Mais je suis bien content d'avoir suivi l'école.
Grâce au savoir, qu'on raille au pays agricole,
Me voilà caporal avec un beau galon
Et puis je vous écris ces mots par le ballon.
Maintenant, au revoir, chers parents, je l'espère.
Si je ne reviens pas, ô ma mère & mon père,
Songez que votre fils est mort en défenseur
De notre pauvre France; & toi, mignonne sœur,
Quand tu rencontreras Yvonne à la fontaine,
Dis-lui bien que je l'aime & qu'elle soit certaine
Que dans ce grand Paris, effrayant & moqueur,
Je suis toujours le sien & lui garde mon cœur.
Baise ses cheveux blonds, fais-lui la confidence
Que j'ai peur du grand gars qui lui parle à la danse;
Dis-lui qu'elle soit calme & garde le logis

Et que je ne veux pas trouver ses yeux rougis.

— Adieu. Voici pour vous ma tendresse suprême

Et je signe, en pleurant, « votre enfant qui vous aime. »


Paris, octobre 1870.

*Achevé d'imprimer*

LE 5 NOVEMBRE M DCCC LXX

PAR J. CLAYE

POUR ALPHONSE LEMERRE, LIBRAIRE

A PARIS

*LIBRAIRIE ALPHONSE LEMERRE*

ŒUVRES COMPLÈTES

DE

# FRANÇOIS COPPÉE

Édition in-18 jésus, papier vélin.

PREMIÈRES POÉSIES (*Le Reliquaire.* — *Intimités*).
1 vol. . . . . . . . . . . . . . . . . . . . . . 3 fr. »
POËMES MODERNES, 1 vol. . . . . . . . . . . . . 3 »
LA GRÈVE DES FORGERONS, poëme. 1 vol. . . . . . » 75
LE PASSANT, comédie en un acte, en vers. 22ᵉ édition.
1 vol. . . . . . . . . . . . . . . . . . . . . . 1 »
DEUX DOULEURS, drame en un acte, en vers. 8ᵉ édit.
1 vol. . . . . . . . . . . . . . . . . . . . . . 1 50

*Édition elzévirienne :*

## POÉSIES DE FRANÇOIS COPPÉE (1864-1869)

(LE RELIQUAIRE. — INTIMITÉS. — POËMES MODERNES,
LA GRÈVE DES FORGERONS).

1 volume in-12 couronne imprimé en caractères elzéviriens, sur
papier teinté, & illustré d'un portrait de l'auteur gravé à l'eau-
forte par Rajon . . . . . . . . . . . . . . . . . . . 5 fr.

PARIS. — J. CLAYE, IMPRIMEUR, 7, RUE SAINT-BENOIT. — [1456]